Revelación

Revelación

Patricia Murdoch

Traducido por
Queta Fernandez

orca soundings

Orca Book Publishers

Library and Archives Canada Cataloguing in Publication

Murdoch, Patricia, 1957-

[Exposure. Spanish]
Revelación / Patricia Murdoch;
translated by Queta Fernandez.

(Orca soundings)
Translation of Exposure.
ISBN 978-1-55469-053-4

I. Title. II. Title: Exposure. Spanish. III. Series.
PS8576.U585E9618 2008 jC813'.54 C2008-905998-0

Summary: Julie is presented with a perfect opportunity to get back at her tormentor.

First published in the United States, 2008
Library of Congress Control Number: 2008936898

Orca Book Publishers gratefully acknowledges the support for its publishing programs provided by the following agencies: the Government of Canada through the Book Publishing Industry Development Program and the Canada Council for the Arts, and the Province of British Columbia through the BC Arts Council and the Book Publishing Tax Credit.

Cover design by Lynn O'Rourke
Cover photography by Bigshot Media

Orca Book Publishers
PO Box 5626, Stn. B
Victoria, BC Canada
V8R 6S4

Orca Book Publishers
PO Box 468
Custer, WA USA
98240-0468

www.orcabook.com
Printed and bound in Canada.
Printed on 100% PCW recycled paper.

11 10 09 08 • 5 4 3 2 1

Para mis alumnos, con respeto y gratitud.
Para Jane Bow y Andrew Wooldridge:
gracias por la oportunidad.

Capítulo uno

Mientras me acercaba a la entrada de la escuela, pude ver a Dana y a Brynn con las cabezas pegadas mientras se decían algo en secreto. De ninguna manera iba yo a arriesgarme a pasarles cerca. Dana me insultaría, tropezaría conmigo o me tumbaría los libros, cualquier cosa para hacerme lucir como una perfecta idiota delante de toda la escuela.

Cientos de estudiantes subieron las escaleras. Giré a la derecha y caminé por el pasillo para tomar la escalera lateral. Era el camino más largo, pero me daba unos minutos de paz. Sammy, mi mejor amiga, estaba tratando de meter su mochila dentro de la taquilla que compartíamos.

—Hola Julie. No te había visto. Qué odio le tengo a esta taquilla —protestó entre empujones y patadas.

—Necesito mi libro de matemáticas —le dije.

—No hablas en serio, ¿verdad? Acabo de meterlo todo ahí dentro. Oye, me encanta tu blusa. ¿Cuándo te la compraste? —dijo, mientras comenzaba a darle tirones a la mochila para poder sacarla.

—Ayer. Creo que me queda apretada —le dije con la conciencia de que las masas y los rollos se me notaban.

—Así es como tiene que ser para mostrar lo bueno.

Me reí.

—Sí, pero también se muestra lo malo. Y eso no me hace sentir nada bien.

—Olvídalo, chica —dijo con una sonrisa.

—Para ti es fácil decirlo, porque eres flaca. ¿Entonces, cómo es que nunca te pones ropa apretada? —le pregunté.

Sammy se miró el pecho.

—¿Cómo le llamarías a esto? Unos me llaman "más plana que una tabla" o "plana como un chico," como diría mi hermana.

Nada sacaba a Sammy de paso. Podía llegar a enojarse, pero aun así, se reía de ella misma.

Noté que Dana caminaba en dirección a nosotras. Me puse tensa, esperando lo que venía.

—Si la manteca de la panza no fuera más grande que tus tetas, no lucirías tan horrible —dijo mientras me pasaba por al lado. Ni se detuvo ni me miró. Dejó caer su insulto y siguió como si tal, camino al aula.

—Ignórala —me dijo Sammy—. Luces muy bien.

Me dio el libro de matemáticas y comenzó de nuevo a embutir la mochila en la taquilla.

—Tiene razón. Luzco gorda y horrible. No debí ponérme la blusa.

Sabía que algo así me sucedería. Cuando me miré en el espejo por la mañana pensé que no me quedaba bien, pero estaba cansada de no poder usar la misma ropa que todo el mundo.

—¿Por qué permites que te moleste lo que dice? ¿A quién le importa lo que ella piensa? —me preguntó Sammy.

—Pues a todo el mundo en esta escuela. Oye, ¿tienes un pulóver que me prestes?

—Siempre dejas que ella gane.

—No. Dame el pulóver.

Sammy respiró profundamente.

—Ésta es la última vez que saco mis cosas de la taquilla. ¿Quieres algo más? Dilo ahora.

El señor Charles se asomó por la puerta del aula y dijo:

—Vamos, chicas, el himno va a comenzar de un momento a otro.

—¿Puedo ir al baño? Necesito cambiarme —le pregunté a la vez que le mostraba el pulóver.

—Si es una necesidad.

—Ven conmigo, Sammy —le pedí, agarrándola el brazo.

—Me imagino que seas capaz de ir al baño sola —dijo el profesor—. Sammy, a tu asiento.

Sammy hizo una mueca y le sacó la lengua cuando no la estaba mirando. Yo me reí y me hice la que estaba estirando el cuello cuando él me miró.

Abrí la puerta del baño de un golpe con las dos manos y sentí que me adueñaba del lugar. Había dos alumnas menores que yo terminando de ponerse maquillaje. Ya querían codearse con los de los grados superiores. Es posible que lo hubieran logrado. Una de ellas era más gorda que yo, y estaba segura de que Dana no la molestaba. Me miré en el espejo. En realidad, no soy gorda. No como esa gente que los muslos le chocan al caminar y le cuelga la barriga. Mi problema es que no tengo cintura. Parezco un cilindro.

Me metí el pulóver por la cabeza. Sammy siempre compraba ropa ancha y por eso me servía, bueno, sus blusas y suéteres. Los pantalones, jamás.

Me sentí bien inmediatamente. Fuera de la vista de los demás, protegida. Esperé unos minutos y me fui al aula.

La primera clase era inglés y supe que teníamos una maestra sustituta. Cosa que era buena, porque significaba un cambio de rutina y ya se podía sentir el cambio en la atmósfera. Era algo así como la Navidad. Fue entonces que vimos quién nos había tocado. Había sido maestra antes de retirarse y comenzar a trabajar como sustituta. Quería probar que todavía valía como maestra. En menos de cinco minutos, Josh, el payaso de la clase, había sido enviado a la dirección. Le siguió Devon. La señora Beeton hasta protestó de algunas de las chicas. No fue nada agradable. Por lo menos, tuvimos que formar grupos para completar el trabajo del día. Le hice una seña a Sammy mientras leían las instrucciones. Era probable que estuviéramos en el mismo grupo junto a Marie y a Sara.

—Yo formaré los grupos —dijo la señora Beeton—. Llamaré dos nombres del principio de la lista y dos del final. Si no les gusta el grupo en que caen, pueden ir a la dirección para decirle a la directora de la escuela cuál es su problema.

El estómago me dio un vuelco. Iba a caer en el grupo de Dana. ¿No tenía bastante con sentarme frente a ella en la clase de matemáticas? Habia pensado que Charles era el único maestro del planeta que todavía usaba el orden alfabético, pero la señora Beeton estaba muy contenta con su método. Era posible que a medida que envejecían, los maestros iban perdiendo compasión.

Consideré las opciones. Podía tumbar una silla de una patada y ser enviada a la dirección, pero mi madre me castigaría hasta el fin de mis días y me obligaría a pasar más tiempo "precioso" con ella, como debía ser. Podía fingir dolor de estómago o "problemas femeninos" y pedir permiso para llamar por teléfono. Pero me darían un sermón sobre las horas de sueño apropiadas y las consecuencias de quedarse despierta hasta altas horas de la noche oyendo música.

Dana ya le había dicho a Ben y a Tom, los otros dos miembros de nuestro grupo, dónde tenían que sentarse. Agarré los libros y me dirigí hacia ellos.

—Estamos bien —dijo—. Julie engrosará las filas, quiero decir las engordará.

Los chicos sonrieron.

Tuve ganas de abofetearla, desprenderle la cabeza de un golpe, enterrarle algo en los ojos. Me derrumbé en la silla.

—Cualquier cosa me da igual —dije.

—Parece que "quien tú sabes" no está muy contenta hoy —dijo Dana lentamente.

Yo jugaba con la esquina de mi carpeta sin mirarla.

—Muy bien, clase. Ahora deben comenzar a intercambiar ideas sobre los diferentes escenarios de la novela —dijo la señora Beeton—. También deben hacer una lista de todos los personajes y el problema que tienen que resolver en cada una de las situaciones.

Yo me sabía la novela de memoria. Me acordaba de prácticamente todo. Podía haber escrito el reporte yo sola, pero no dije una palabra.

—¿Alguno de ustedes, por lo menos, leyó el estúpido libro? —dijo Dana, haciendo una expresión de asco—. Estuve demasiado ocupada como para hacer tarea.

Nadie le contestó.

—Por si lo quieren saber, el viernes fui de compras y el sábado hubo una fiesta... ¡Ay! no debo hablar de eso...pero él está en el grado doce.

¿A quién le importa? pensé. *Cállate la boca.*

—Los chicos del grado doce son mejores que todos los cretinos de aquí —continuó—. Todos eran de doce. Brynn y yo éramos las únicas que no estábamos en su grado.

—Me parece que algunos grupos están un poco lentos —dijo la señora Beeton con tono algo amenazador.

—Voy a buscar marcadores y papel —dije. Cualquier excusa para salir de allí era buena.

Quería decirle a Sammy lo del alarde de Dana, pero su grupo estaba concentrado discutiendo el trabajo, y ya hasta habían comenzado a escribir. Escogí los colores más feos que pude encontrar en el cesto y arranqué las hojas de papel bruscamente para que se rompieran en las esquinas.

Lo tiré todo en medio del grupo y dije:

—Ahora que escriba otro.

Beeton patrullaba la clase.

—Yo voy a hacerlo —dijo Dana contenta y en voz alta mientras la señora Beeton se acercaba.

—Apuesto a que ya lo "hiciste" —dijo Ben entre dientes.

Me reí hasta más no poder. Seguro que más alto de la cuenta, porque toda la clase me estaba mirando.

—¿Qué es lo que le da tanta risa, jovencita? —me preguntó la señora Beeton.

Me hubiera encantado decirle a toda la clase lo que había dicho Ben, pero podía sentir los ojos azules de Dana lanzándome llamas de fuego.

—Nada —dije bajito.

—Póngase a trabajar. Tómelo como la primera advertencia.

—Sí, señora —dije, segura de que tenía la cara más roja que un tomate.

Dana se me acercó más de lo que nunca lo había hecho, sin contar las veces en que me había dado un empujón.

—Si te atreves a burlarte de mí otra vez, gorda estúpida, voy a hacerte la vida tan imposible que vas a maldecir el día en que me conociste.

Ya eso había ocurrido varios años atrás.

Cerré los ojos y dejé que la oscuridad cubriera su cara. Pasé el resto de la clase abriendo un hueco en mi carpeta. Ya llegaría el día en que me vengara.

Capítulo dos

Durante la hora de almuerzo, Sammy y yo llegamos a la conclusión de que teníamos que hacer algo para acabar con el reguero de nuestra taquilla. Estábamos solamente en octubre, y el invierno no tardaría en llegar. Tendríamos que apretujar nuestros abrigos dentro con todo lo demás.

Dana estaba en su taquilla y Brandon con ella. Eso me aseguraba ser invisible a sus ojos por un rato. Quería no hacerle caso, pero ella era como una uña partida, algo imposible de ignorar. Deseé que todo el mundo en el pasillo parara de hablar alto y de gritar, para poder oír mejor.

—¿Puedes echarte a un lado? —le dijo Dana a Brandon—. No puedo ver los números estúpidos. Tienes suerte de que pudiste dormir hasta tarde. Y no me llamaste anoche. Qué día más pesado.

Brandon miró en nuestra dirección como si hubiera sentido mi mirada, pero actué con naturalidad, fingiendo no haber notado nada. Brandon dio unos pasos para darle espacio a Dana.

Yo me coloqué al otro lado de la taquilla, para poder observarlos sin tener que estirar el cuello o virar la cabeza.

—¿Qué tal te fue en el torneo? —le preguntó Dana con una vocecilla suave y coqueta.

—Ganamos, por supuesto. Vamos a las finales. Me cantaron un par de penaltis. Trampa. El árbitro la tenía cogida conmigo.

Brandon era un tipazo, pero no hablaba de otra cosa que no fuera hockey. Todos comentaban que era tan bueno que podría jugar profesional o por lo menos ganarse una beca. No podía entender qué hacía él saliendo con Dana. Ella lo trataba requetebién, porque claro, ella era Dana. Y siempre obtenía todo lo que quería.

Sonó la segunda campana.

—Me tengo que ir —dijo él.

—Llámame, ¿okey? —le pidió ella.

—Trataré. Tengo otra práctica y terminaremos muy tarde, como anoche. Por eso no fui —le dijo mientras se alejaba por el pasillo.

En cuanto Brandon se fue, Dana se dirigió a mí.

—¿Qué estás mirando?

Yo mantuve la vista fija en la lejanía y esperé a que ella entrara a clases. Kelsey le pasó por al lado y le puso una nota en los libros. Ella no se dio cuenta y la nota cayó al suelo. Esperé unos segundos y la recogí.

—¿Es ésa mi nota? —me ladró Dana, extendiéndome una mano abierta.

Levanté los hombros.

—¿No sabes leer? ¿No ves que dice PARA DANA?

Le di la nota.

—¿No la leíste, verdad?

Negué con la cabeza.

—Más te vale.

Caminó hacia su asiento y yo la seguí varios pasos detrás.

Odio sentarme delante de ella. Odio pensar que me está mirando por detrás. ¿Y si tengo caspa o un grano? A veces he sentido rayos láser atravesándome el cráneo. Deseé haberme dejado la blusa. Miré por sobre el hombro y noté que Dana me miraba debajo del brazo fijamente. Unos minutos después sentí que algo me pinchaba justo arriba del sostén.

Di un manotazo y tiré el lápiz de Dana al suelo. ¿Me habría estado clavando el lápiz?

—Ahora sí que te has buscado un problema —dijo—. Recógelo ahora mismo.

Me incliné para recogerlo sin atinar a hacer otra cosa por la sorpresa. El pulóver se me levantó.

—¡Miren, usa ropa interior *extra grande* —dijo lo suficientemente alto para que todos la oyeran.

Me enderecé. La cabeza me retumbaba. Sentí que los brazos no estaban pegados a mi cuerpo. No sé lo que hice con el lápiz. ¿Por qué me estaba pasando esto?

Algo afilado me golpeó en la espalda.

—Ay, disculpa, se me cayó el libro. No te dolió, ¿verdad?

No estaba segura de si podía respirar. No supe qué hacer. No podía dar un espectáculo. Tampoco podía protestar. Si lloraba empeoraría las cosas. Tenía el pecho apretado y necesitaba aire fresco. Busqué a Sammy con la vista. Me miró con los ojos como dos platos.

Entonces, oí a Dana maldiciendo bajito mientras rompía la nota en pequeños pedazos.

Capítulo tres

—¿Nadie te dijo lo bien que te ves con la blusa nueva? —me preguntó mi madre. Estaba sirviendo porciones humeantes de lasaña en los platos.

No le respondí. ¿Querría saber la verdad? Miré a mi hermano, que se ponía un pedazo de pan enorme en la boca.

—Niña, ¿me escuchaste?

¿Qué podía decirle? ¿La verdad? Se disgustaría muchísimo y probablemente lloraría. Debía decirle que sí, que Sammy me había dicho que lucía bien, pero no pude. Fui al directo.

—Mejor di "te lo advertí, te dije bien claro que no te la pusieras."

Cambió completamente la expresión de la cara.

—Eso no es lo que quise...

No pude detenerme.

—Deberías saber que me dijeron "gorda estúpida." La muy imbécil de Dana se burló de mí y me amenazó con hacer que la escuela entera me odiara. ¿Estás satisfecha?

Me sentí peor. No era difícil hablarle así a mi mamá. Nunca protestaba.

—No, no puede ser. Pobrecita, mijita. A lo mejor esa niña no hablaba en serio.

De nada serviría explicarle.

—Te dije que se burló de mí. ¿Qué clase de juego es ése?

—Julie, mi cielo, eso te tiene de muy mal humor. ¿No puedes simplemente ignorarla?

—No sé para que te lo dije.

—Me parece que es algo intolerable. No me voy a quedar cruzada de brazos mientras alguien abusa de mi hija. Voy a llamar por teléfono a la directora.

No pude creer que mi madre fuera a llamar a la directora. ¿Sería posible?

—Mamá, eso empeoraría las cosas —le supliqué.

—Quiero que esa niña pare ahora mismo de insultarte —dijo.

Si la directora hablaba con Dana, mi vida estaría totalmente arruinada, tendría que dejar la escuela.

—Por favor, mamá, no lo hagas.

—No, mamá, no debes llamar a la escuela —dijo mi hermano.

Lo miré. No podía creerlo. Mi hermano estaba de mi lado.

—Entonces voy a hablar con los padres de esa niña. Deben saber lo mala que es su hija.

La cosa se ponía aún peor.

—Ésa tampoco es una buena idea —dijo Zack—. Julie debe resolver el problema sola. En un día o dos se resolverá.

Dana ya encontrará a otra persona a quien molestar.

—La hija de otra persona. Eso no está bien.

A mí no me importaba nadie más. Todo lo que yo quería era que mi madre no fuera a hacer algo que destruyera cualquier posibilidad que yo tenía de sobrevivir en la escuela.

—Me mantendré alejada de ella, mamá, te lo juro. Lo haré. Y la ignoraré, como dijiste, cuando trate de burlarse de mí.

Traté de sonreír para que mi madre se sintiera bien.

—Esto no me gusta nada, pero si estás segura de que puedes resolverlo, no voy a intervenir. Pero que quede claro, que puedes contar conmigo si me necesitas.

—Lo sé, mamá —dije y cambié el tema—. Esta lasaña está riquísima. ¿Le pusiste algo diferente?

Pude sentir como la ira se iba disipando.

—Esta vez utilicé un queso diferente. Pensé que ni se darían cuenta.

—¿Hay más? —pregunté. Tenía un hambre terrible y podía haberme comido la lasaña entera. Por lo menos teníamos mucho pan calentito.

Mi madre y Zack hablaron sobre las nuevas regulaciones de la escuela: las mochilas y los teléfonos celulares estaban terminantemente prohibidos. Yo sonreía de vez en cuando y asentía, pero lo que más me interesaba era la comida.

Después de limpiar la mesa, fui hasta el salón. Zack estaba jugando videojuegos en el televisor viejo y yo encendí el nuevo. Ponían mi programa preferido. El personaje principal era un chico precioso.

—¿Cómo te puede gustar esa basura? —me preguntó Zack, echándome una mirada rápida mientras seguía jugando.

Entonces la chica del programa apareció medio desnuda. Zack se me acercó y se sentó en el sofá.

—Algunas veces te portas como un cretino —le dije—, pero hoy me ayudaste con mamá.

—Detesto la forma en que se pone. El año pasado cuando me lastimé jugando al fútbol me obligó a ir a emergencia, aunque le dije que no tenía nada. Entonces llamó al entrenador para protestar porque el juego era muy violento. Este año ni intenté entrar en el equipo.

Mi madre tiene las mejores intenciones, pero no sabe cómo son realmente las cosas.

—¿Cuál es el nombre de esa chica? ¿Dana? —me preguntó.

—Sí. ¿Por qué?

—¿Es bonita? ¿Tiene el pelo largo, castaño?

—No diría que es bonita, pero sí, tiene el pelo largo y castaño. ¿La conoces? —le dije, dandole toda mi atención.

—En realidad, no. Pero parece que ella es una de las que estuvieron con Scott el sábado por la noche.

—Dana estaba haciendo alarde de que había ido a una fiesta. ¿Estaba allí una flaca llamada Brynn que es medio feúcha y tiene aparatos en los dientes? —pregunté.

—Tienen que ser ellas. Vaya coincidencia. Estaban tiradas encima de Scott hablando de lo mucho que habían tomado. Todos se reían de ellas.

Mi cara era una gran sonrisa.

—¿Y cómo es que estaban en esa fiesta?

—No lo sé. Alguien conocía a alguien que pensó que ellas eran *posibles*. Me refiero a Dana. Brynn entró como parte del negocio.

Comenzó un comercial y Zack se puso de pie. Yo quería saber más; él no podía dejarme así. Si actuaba con desesperación, podría hacerle pensar que era un error darme más detalles.

—Ah, ya veo. ¿Y que son *posibles*?

—Si hablas con alguien de esto, te juro que te va a pesar hasta el día que te mueras.

¿Por qué siempre tenían que amenazarme?

—No lo haré.

—No te atrevas a decírselo a nadie —dijo—. ¿Me oyes? A nadie. Si Scott se entera de quién regó la información, podría mandarme a dar una pateadura.

Hablaba en serio. ¿Eso sucedía en mi barrio? ¿Que alguien mandara a darle una paliza a otro? Sonaba como una película.

—Nunca debí decírtelo.

—No se lo voy a decir a nadie. Te lo juro. A nadie.

No pensé que lo haría. Por lo menos trataría.

—Ni siquiera a esa loca de tu amiga.

—Sammy no es una loca —la defendí. Bueno, por lo menos no todo el tiempo.

—Ah, sí. Ya lo creo.

—No deberías hablar así. Tú eres el que tiene esos amigos enfermos mentales. ¿Cómo es que andas con el Scott ése?

Zack levantó los hombros.

—No hay mucho más que hacer y, además de entretenerme, de vez en cuando aparecen algunas chicas de más.

Me sorprendió lo que dijo. Zack era una persona difícil, pero no pensé que necesitara de las sobras de los demás.

Yo sabía que más de una pensaba que él no era completamente feo.

—¿De qué están ustedes hablando con tanto interés? —preguntó mi madre, que se apareció inesperadamente.

—De nada —le dije.

Le daría un ataque si supiera la mitad de las cosas. Estuve tentada de decírselo, sólo para ver su reacción, pero no me hubiera atrevido por nada de la vida. Ya mi respuesta la había preocupado.

—De qué otra cosa puede hablar Zach si no es de su estúpido juego de vídeo —agregué, sintiéndome un poco culpable.

—Zack, creo que necesitas encontrar un buen pasatiempo —dijo mamá—. ¿Hay alguna chica en la que estés interesado?

—Mamá —dijo en tono serio.

—Está bien. Ya sé que de eso no me corresponde hablar —sonrió y se fue.

Zack se puso los audífonos y yo continué mirando el programa, pero esta vez no podía prestarle atención. No se me quitaba de la cabeza todo lo que sabía sobre Dana.

Capítulo cuatro

A la mañana siguiente, yendo para la escuela me sentí mejor de lo que me había sentido en largo tiempo. Cuando sonó la campana, no me quedé atrás como normalmente hacía. Me adelanté hasta Sammy y subí por las escaleras principales. Pude ver a Dana en la parte de arriba, luciendo más despiadada que nunca y casi bloqueando el paso, para que todo el mundo la tuviera que ver. Sentí la tensión en los hombros a la expectativa de lo que me podría decir o hacer. A pesar de tener un arsenal de información sobre ella, me sentía nerviosa.

Me miró y movió la cabeza de un lado para otro, para luego dar media vuelta y atender al público que la rodeaba.

Eso era peor que un comentario. Había hecho un gesto con la cabeza como si hubiera visto un animal muerto en la carretera por el que sentía cierta lástima. No tenía ni idea de lo que yo sabía de ella.

—¿No es ése el chico nuevo, Scott? dije lo suficientemente alto como para que me oyera.

—¿Quién es nuevo? —me preguntó Sammy—: ¿Qué cosa es lo que dices?

No le contesté. Estaba esperando que Dana reaccionara al escuchar el nombre. Y lo hizo. Dio media vuelta y me miró a los ojos.

—Sí. Me dijeron que se llamaba Scott —repetí.

Los ojos de Dana se achicaron.

—Por segunda vez —dijo Sammy—, ¿de qué chico nuevo estás hablando?

Qué increíble sensación. Por un momento, Dana estuvo bajo mi control. Hubiera querido llevar ese momento hasta el punto de hacerla sufrir.

—Bueno, ¿soy invisible o qué? —protestó Sammy, dándome un ligero empujón—. Julie, aterriza. Vuelve a la tierra. ¿De quién hablas?

Dana me seguía mirando. Pude sentir que se contrariaba.

—¡Ah! Ese chico que se acaba de mudar.

La cara de Dana volvió a la normalidad. Sonrió y dijo mientras caminaba hacia su taquilla.

—Oye, si es nuevo no debe saber todavía la clase de partido que eres. Dale, trata de conquistarlo.

Estábamos rodeadas de chismosas.

Pasé de sentirme como la reina del mundo a ser una insignificante gorda en menos de un minuto.

—¿Qué fue todo eso? —preguntó Sammy—. A veces eres más rara que yo.

Estaba muy disgustada como para hacerle el cuento en ese momento. Fui a refugiarme en el baño.

Al entrar, un par de chicas que estaban junto al lavamanos me miraron. Fui directo a uno de los baños y tiré la puerta. Estaba rota y no podía cerrarla. Me recosté contra la puerta.

Otra vez Dana había ganado. No lo podía aguantar. Le di una patada al papel higiénico. El tornillo de uno de los lados saltó y el metal se salió de su lugar.

¿Por qué había hecho eso? Cada vez que me enfurecía, algo malo pasaba. Alguien lo iba a decir. Siempre lo hacían. Sonreí. Otras veces la que hablaba era yo.

Tenía que buscar la manera de vengarme de Dana. Por lo menos una vez en la vida tenía que hacerla sentir como una idiota.

Sonó la campana para entrar a clase. Traté de arreglar el papel higiénico lo mejor que pude y regresé al aula.

—¿Qué era lo que te pasaba? —me preguntó Sammy—. ¿Por qué Dana actuó de esa manera tan extraña?

Consideré decírselo todo. Zack me había advertido que no lo hiciera, pero supe que en algún momento lo iba a hacer. Nunca había tenido secretos con Sammy y no tenía intención de tenerlos, así que mientras más rápido se lo dijera, mejor.

El maestro dio las instrucciones y se dirigió a su mesa. Teníamos que comparar dos libros escritos por el mismo autor. Sammy y yo habíamos terminado ya el primer libro y pedimos permiso para ir a la biblioteca a buscar el otro. El maestro nos dijo que sí.

Tomamos nuestros libros y nos acomodamos en nuestro lugar preferido:

debajo de un escenario improvisado. Se lo dije todo. Bueno, casi todo. Dejé fuera lo de Zack y las muchachas sobrantes.

—Eso es vergonzoso, ¿y él tiene novia, además?

—¿Y qué me dices de Brandon? —pregunté yo.

—Ah, tienes razón. Parece que algo sucede con él. Esta mañana no estaba en la taquilla con ella y Brynn iba de un lado a otro hablando con todo el mundo. Creo que tiene algo que ver con Amy.

—Esto me encanta. Me alegraría que algo bien malo le pasara a Dana —dije.

—¿No estás siendo un poco severa?

—Tú sabes cómo ella me trata —dije a la defensiva.

—Lo mejor sería desear que no te molestara más, ¿no crees?

Ni que eso fuera suficiente, pensé. Sammy siempre quería que las cosas se hicieran bien y de manera justa.

—Sí, ya lo creo —le contesté—. Eso sería maravilloso.

Cambié el tema.

—Me pregunto si tenemos que cuidarnos de tipos como Scott.

—Me parece que nosotras no le interesamos —dijo.

Nos tomó unos segundos entender en toda su extensión lo que acababa de decir.

—Y no porque seamos unas imbéciles —agregó rápidamente—. Sino porque ellos lo son.

—No estoy muy segura —agregué.

Capítulo cinco

En la próxima clase me tocó sentarme al lado de Sammy, al final del salón. Podíamos verlo todo. Y lo mejor: Dana no estaba detrás de mí.

Se estaba desatando una pelea entre Amy y Dana. No se dirigían la palabra, pero todos sabíamos que algo pasaba. Me sentí fuera del alcance del radar de

Dána. Qué buena sería mi vida si pudiera mantenerme así todo el tiempo.

El viernes por la noche, Sammy fue a mi casa para ver una película.

—Voy a recogerte a las diez. Espérame afuera —dijo Sammy, abriendo los ojos y ladeando la cabeza imitando lo que le había dicho su madre antes de salir de la casa.

Me dio mucha risa.

—Me gustaría que te pudieras quedar a dormir. Zack salió y mi mamá siempre se va a la cama temprano. No me gusta ver la televisión sola.

—Sería bueno, pero mi madre dice que cuando vengo aquí no duermo lo suficiente y mañana tengo clases de baile a las ocho de la mañana.

Si tenía suerte, Sammy podía venir a mi casa tres o cuatro veces al año. Era mejor ni hablar más de eso.

—Traje dos películas de la tienda —dije, poniéndolas sobre la mesita.

—¿Dónde está Zack? —preguntó.

Me a quedé mirando.

—¡Ay, no! No me digas que te gusta Zack.

—No. Es sólo una pregunta. Una forma de mostrar un sano interés por las actividades de mi amiga y de su familia.

—Pero se trata de Zack. Y eso de tú y mi hermano no me hace ninguna gracia. Además, él es mucho mayor que tú.

—Solamente dos años —dijo Sammy—. Mi padre es diez años mayor que mi madre.

—Yo podré salir con chicos cuando tenga veinticinco años y esté casada.

—¿Cómo? ¿Salir con chicos estando casada?

—Chica, digo lo que diría mi madre.

Sammy se fue a las diez en punto. Mi madre se acostó un poco después. Regresé al salón y puse la segunda película. No era tan divertido como cuando estaba Sammy.

A las once se abrió la puerta trasera. Era temprano para que Zack regresara.

¿Y si era un ladrón? ¿Alguien que se había metido en la casa? Antes de poder esconderme escuché a Zack maldecir porque había tropezado con el perro.

—¿Qué haces despierta a esta hora? —se extrañó Zack al entrar y verme.

Parecía no estar de buen humor.

—¡Me diste un susto tremendo! —protesté—. ¿Y tú qué haces de regreso tan temprano?

—¿Y a ti qué te importa? —se sentó en el sofá, agarró el control remoto y cambió el canal.

—¡Oye!, yo estaba mirando eso —volví a protestar.

—A mí qué —me dijo con soberbia.

—¿Qué es lo qué te pasa? ¿No "sobraron" chicas hoy?

—¡Cállate la boca! —dijo con ira.

—Sólo te preguntaba —dije, dando marcha atrás. Tenía aliento a cerveza.

Cambió los canales varias veces sin detenerse en ninguno.

—¿Hay algo de comer en esta casa?

—Papitas. Te las puedo traer.

Me dijo que sí con la cabeza.

Fui a la cocina. Zack debía tener algún problema. Nunca lo había visto así de estresado. Él era de los que no dejaban que las cosas lo molestaran. Cogí un paquete de papitas del estante y dos latas de refresco del refrigerador.

Las manos le temblaban cuando agarró la lata.

—¿Te sientes mal? —le pregunté. No me contestó—. ¿Pasó algo?

Esta vez me contestó. Hablaba sin detenerse, como si lo hiciera para las cámaras de televisión.

—Estábamos en el bosque, del lado de unos bancos de arena —yo asentía—. Habíamos hecho una fogata y escuchábamos música. Había muchísima gente y neveras con bebida. Alguien se fumó un par de cigarrillos de marihuana. La fiesta estaba buena.

Yo le daba mordiditas a la esquina de una papita.

—Las chicas de tu escuela estaban allí. La Dana se tomó tres cervezas una detrás de la otra —dejó de hablar por unos minutos.

Abrió la lata de refresco y le arrancó la tapita metálica. La lanzó contra la pared.

—Todo estaba tranquilo. Un grupo se puso a bailar.

Tomé un sorbo de mi refresco.

—Ese tipo, Scott. Oye, ese tipo tiene serios problemas. No paraba de darle bebida a las chicas. Y todas las que iban a buscar más, tenían que besarlo. Al principio era chistoso, pero después, empezaron a emborracharse. Una vomitó en la fogata. Le echamos arena, pero no se iba la peste.

Esperé. Se tomó el refresco de un tirón y después eructó. Me parecía que estaba viendo una película.

—Scott sacó una cámara digital. Me dijo que alguien en Toronto le daría $200 por una tarjeta con foto de chicas.

Me entró frío y me puse un suéter.

—Así que empezó a sacarles fotos —hizo una pausa y se pasó la mano por la parte de atrás del cuello—. Estaban tan "del lado de allá" que ni se daban cuenta.

Dos de ellas comenzaron a quitarse las blusas. Scott seguía apuntando y tirando fotos. Hasta se detuvo para borrar las fotos que no estaban buenas.

Zack respiró profundamente. Yo esperaba.

—Entonces, Scott nos pidió que participaramos en el asunto. Yo pensé que había que estar loco para ponerse a hacer cosas delante de una cámara. Pero algunos son tan idiotas que ni piensan. Empezaron a besarse. Scott le pidió a una de las chicas que...mejor ni te enteres. Yo quería que me tragara la tierra o desaparecer cuando no me estuvieran mirando. De pronto alguien dijo que venía la policía. Las chicas comenzaron a dar gritos. Brynn ayudaba a Dana a ponerse la ropa. Yo me fui, pero enseguida me di cuenta de que había olvidado la mochila. Regresé para buscarla. Los policías estaban hablando con Dana y con otras que no habían podido correr por lo borrachas que estaban. Por suerte nadie me vio. Un patrullero estaba atravesado en la entrada del aparcamiento, pero Steve tenía su carro en la calle de al lado y me trajo hasta aquí.

Yo no sabía qué decir. Me alegré de que Zack estuviera en casa y que los policías no lo hubieran visto. Y sobre todo, estaba contenta de que hubieran agarrado a la Dana.

—No te atrevas a contárselo a mamá —me dijo.

Eso era lo último que me había pasado por la cabeza.

—¿Y qué vas a hacer?

—Nada —se puso de pie—. Mantenerme alejado de Scott.

Subió las escaleras hasta su cuarto.

Me quedé mirando la televisión por unos minutos, pero sin ver nada. Pensé en mil cosas. Apagué la televisión. Después fui a apagar la lámpara y tropecé con la mochila de Zack.

Si tenía cerveza en la mochila, a mi madre le daría un ataque. Ella pensaba que Zack era "un angelito." Abrí la mochila. Debajo de una sudadera, había una cámara digital.

Capítulo seis

Me sentí horriblemente mal. Me despertaba a cada rato. No podía darme cuenta de si pensaba que estaba dormida o soñaba que estaba despierta. No podía olvidarme de la cámara. Quería saber lo que tenía, pero la computadora estaba en la sala. La luz del monitor iluminaría el pasillo y Zack y mi mamá podrían fácilmente saber lo que estaba haciendo. Decidí que la única oportunidad que tenía era temprano en la mañana, antes de que se despertaran.

La alarma sonó a las seis. La mochila de Zack estaba en el mismo lugar. Tomé la cámara y le saqué la tarjeta de memoria. Era pequeña e insignificante. *Vamos a ver qué tienes dentro,* pensé. Fui de puntillas hasta la sala.

Hice clic varias veces y ya tenía la primera imagen en la pantalla. No se veía bien la gente, estaban muy lejos y la luz del *flash* era intensa. La próxima estaba mejor. Dana estaba bailando con los brazos en alto mientras varios chicos la miraban. En las siguientes fotos había gente besándose. No podía decirlo con certeza, pero una de las chicas se parecía a Dana. En una de las fotos, Zack estaba sentado con un grupo, todos con botellas de cerveza en la mano.

Las fotos eran inquietantes. No quería verlas más, pero era como pasar por un accidente en la carretera. Tenías que mirarlo. Dana no llevaba blusa. Los chicos se le acercaban cada vez más. No parecía algo romántico, como en la televisión. Era algo frío y agresivo.

En una de las últimas fotos habían empujado a una chica hacia Zack y él tenía los brazos abiertos. No era exactamente lo que había dicho. La última foto era de uno que había apuntado la cámara hacia él mismo. La foto estaba fuera de foco y el *flash* le iluminaba la nariz. Sonreía. Tenía que ser Scott.

Saqué la tarjeta de la computadora. Creí que iba a vomitar. Las fotos eran horribles. Scott era un enfermo. Había fotos de Zack, pero también había fotos de Dana. Información real sobre Dana, y eso podía cambiar las cosas.

Podía hacer muchas cosas con esa información. Podía mostrarle las fotos a Dana y decirle que si me volvía a molestar se las enseñaría a todo el mundo. Algo así como un plan de seguro. También podía imprimir varias y regarlas por el pasillo de la escuela. Dana tendría que cambiar de escuela. Las sienes me latían.

Entonces se me ocurrió la idea más maliciosa y más deliciosa que nunca tuve: podía llevarle las fotos a Scott, para que se las vendiera a la persona en Toronto y todos los perversos del mundo podrían ver a Dana.

Me di cuenta de que me estaba mordiendo las uñas. Había tratado de dejar esa mala costumbre un millón de veces, pero no había podido. Tenía los dedos índice y del medio en carne viva.

¿Sabría Zack que la cámara estaba en su mochila? No había hablado de eso anoche, pero podía estarlo ocultando. Si él no fue quien puso la cámara en la mochila, ¿quién lo hizo? ¿Scott? Si lo había hecho, de seguro quería recuperarla. ¿Cuándo vendría a buscarla?

No podía quedarme con la tarjeta de memoria. ¿Cómo se me ocurría? Zack se daría cuenta de que no estaba en la cámara. Pero podía hacerle una copia.

Escuché un ruido en el segundo piso. Era el perro caminando de un lado para otro. Todos los días esperaba a que mi mamá se despertara para salir del cuarto. Presté atención. No escuché nada más. Me alegré de no haber apagado la computadora. Quemé un CD con las fotografías.

Ahora podía escuchar el agua en el baño de mi madre. Metí la cámara en la mochila y fui disparada hasta el salón. Podía escuchar el ruido de las uñas del perro en el suelo. Ay, el disco. Todavía tenía que esconderlo. Cuando mi mamá estaba en la cocina haciendo café, me escurrí hasta mi cuarto. ¿Dónde lo podía esconder? Mi mamá no entraba con frecuencia, pero iba de vez en cuando para cambiar las sábanas y para recoger la ropa sucia. ¿En qué lugar nunca se le ocurriría mirar? Ningún lugar parecía seguro, con la excepción de un montón de cosas apiladas en mi buró. Algunas estaban allí desde el año pasado. Pondría el disco en el mismo medio.

—Buenos días, cariño —dijo mi madre.

Di un salto.

—No quise asustarte, mijita, pero te escuché levantada. Te despertaste temprano.

—No podía dormir. ¿Y tú, dormiste bien?

—Yo escuché a Zack cuando vino anoche. Qué bueno que no llegó muy tarde. A veces me preocupa —se inclinó y me besó en la mejilla—. Cuánto me alegra que tú no me des problemas. ¿Quieres que te prepare algo especial de desayuno?

—Claro que sí —respondí—. ¿*Panqueques*?

—Al instante.

Se fue a la cocina. Me dejé caer en la cama y me quedé mirando al techo. Estaba agotada y no eran ni las seis y media de la mañana.

Capítulo siete

Desde pequeños, a Zack y a mí nos ha gustado ver juntos los dibujos animados de los sábados. Antes nos levantábamos al amanecer. A medida que íbamos creciendo nos levantábamos cada vez más y más tarde. Esta mañana no pude esperar a que Zack se despertara solo. Los minutos pasaban y a las nueve en punto le toqué a la puerta.

—Vete —dijo un voz apagada.

—¿Estás despierto? —le pregunté.

—¿Estás sorda? —dijo más alto—. Lárgate.

—Necesito hablar contigo —dije con la boca pegada a la puerta y dándole la vuelta al picaporte—. En serio, es muy importante. Voy a entrar.

Estaba debajo de las sábanas y de varias almohadas.

—¿Qué?

—Quiero hablar de anoche. Cuando estaba viendo televisión esta mañana cogí tu mochila, por accidente, y una cámara se salió.

Zack se sentó en la cama.

—¿Que qué?

—Como te dije, fue un accidente, una cámara cayó de la mochila. Y tú me dijiste anoche que había una cámara.

—¿Estaba en mi mochila? ¿Quién la puso allí?

—¿Qué sé yo?

—Déjame verla.

—La puse de nuevo en la mochila. Está en la sala.

—Sal para poderme vestir.

Cerré la puerta y lo esperé en la sala. Minutos después, Zack registraba su mochila.

Echó maldiciones.

—Yo no puedo quedarme con esta cámara —la sostenía lo más lejos de su cuerpo posible.

—Me imagino que Scott la quiere.

—Eso es seguro.

Sonó el teléfono varias veces. Lo contesté. Era Sammy.

—¿Te enteraste? —estaba tan agitada que gritaba. Casi me rompe el tímpano.

—¿De qué? —le pregunté.

—Anoche se apareció la policía en casa de Dana. Se lo dijo a mi mamá la mejor amiga de la mamá de Dana. Dicen que a Dana la atacaron o algo así y que ahora la policía está buscando a los culpables.

Miré a Zack.

—¿Saben quiénes son?

—No creo. Parece que Dana no recuerda lo que pasó o eso es lo que ella dice. No tiene sentido que proteja a las personas que la atacaron, ¿no crees? Pero agarraron a otras personas. Nunca había ocurrido algo así. ¡Es increíble! Dana se lo tiene bien merecido.

—¿Está herida?

—Creo que no, pero dice mi mamá que sus padres están llamando a abogados y a la policía y hasta a un investigador privado, y que van a llevar a Dana a terapia —respiró profundamente—. Me pregunto quién pudo haber sido. ¿Crees que Zack sepa algo? Pregúntale.

Quería colgar. No me gustaba el tono en que me contaba el gran chisme.

—Te tengo que dejar —le dije—. Mi mamá quiere que limpie lo que hizo el perro. Si sabes algo más me llamas.

—Okey, okey. Como odias tanto a Dana, pensé que te alegraría saberlo.

—Sí, me alegra, pero es que no dormí bien anoche. Te llamo esta tarde.

Colgó.

—¿Quién era? —me preguntó Zack.

—Sammy. Su mamá estuvo hablando con una amiga de la mamá de Dana y dicen que la policía está buscando a los que atacaron a Dana.

—¿Cómo es eso de que la atacaron? Nadie le hizo nada.

—Eso fue lo que dijo su madre.

—Es posible que lo estén diciendo para echarle la culpa de todo a los demás. Ya sabía yo que esas chicas no estaban en algo bueno.

—Tú tienes la cámara —le dije— y puedes probar que ella estaba allí porque quería.

Zack volvió a maldecir.

—¿Qué vas a hacer? ¿Se la vas a dar a la policía?

Zack me miró como si yo estuviera loca.

—¿Sabes lo que me podría pasar a mí si lo hago? ¿Y el problema que lo buscaría a todo el mundo?

—¿Y si la policía se entera de que estuviste allí, vienen a registrar nuestra casa y encuentran la cámara?

—No pueden hacer eso. ¿No crees? —me preguntó.

—No lo sé. Creo que pueden hacer más o menos todo lo que quieran. Lo mejor que haces es deshacerte de ella.

—Creo que tienes razón.

—Puedes devolvérsela a Scott —dije.

—No me digas, qué buena idea. Voy y le digo: *Aquí tienes la cámara con la que estabas sacando fotos para venderle a alguien y allí hay un policía que nos está observando.* No necesitan chequear las huellas digitales, sólo tienen que arrestarnos.

¡Huellas digitales! Las mías estaban por toda la cámara y la tarjeta de memoria. Tenía que limpiarlas.

—¿Sabes lo que hay en la cámara? —le pregunté, tratando de sonar inocente.

Le quité la cámara y comencé a limpiarla con la manga de mi blusa.

—Me lo puedo imaginar.

—¿No vas a mirarla?

—¿Para qué? Lo que tengo que hacer es buscar la manera de desaparecerla —daba pasos de un lado para otro.

Me dio un poco de miedo.

—Una posibilidad sería llevarla de nuevo al bosque y esconderla —dijo—. Y si Scott me pregunta le puedo decir que yo no sé dónde está, que nunca la tuve. Sí, ese es un buen plan. Dámela acá.

Tenía que hacer algo rápidamente. Mis huellas estaban en la tarjeta, dentro de la cámara, y no me iba a dar tiempo a limpiarlas. Zack estaba en algunas de las fotos. Quería decirle que, por lo menos, borrara ésas, pero descubriría que le había mentido. Debí haber borrado la tarjeta después de hacer la copia. Era posible que la policía pudiera ver las fotos aún después de borradas, como si se quedaran en algún lugar de la tarjeta. Dicen que, en realidad, no se puede borrar lo que hay en el disco duro.

¿Qué podría hacer?

Zack me miraba como si yo hubiera perdido la razón.

—Dámela —me pidió.

Yo no quería soltarla. Si la tarjeta de memoria fuera nueva, y yo nunca la hubiera tocado con mis manos, eso sería otra cosa. Si la encontraban y veían que estaba en blanco podían pensar que hicieron algo mal o que la cámara estaba rota.

—Tu plan es muy bueno, Zack, pero yo tengo uno mejor.

Le expliqué lo de poner una tarjeta en blanco en la cámara en caso de que hubiera alguna foto que lo pudiera implicar y pareció aceptar la idea.

—Si regresas al bosque, los policías te pueden ver allí y sospechar de ti. Puedo ir en mi bicicleta, con Sammy, fingir que estamos paseando y dejarla caer sin ser vistas. Nosotras no sabemos nada.

Zack se rascó la cabeza.

—¿Sabes qué? Creo que eso es mejor. Oye, te debo una.

—Más bien me debes un millón —le dije.

Capítulo ocho

Paré en la tienda de fotografía del centro comercial en camino a casa de Sammy. Gasté casi todo el dinero de Zack, pero compré una tarjeta nueva. Me puse los guantes de invierno más finitos que tenía, saqué la tarjeta vieja de la cámara y le puse la nueva. Puse la vieja en el estuche nuevo y me lo metí en el bolsillo. Quise ponerlo en la basura, pero me di cuenta de que no debía.

—Sonabas extraña en el teléfono —dijo Sammy cuando me abrió la puerta—. ¿Qué es lo que pasa?

—Tienes que jurarme que vas a guardar el secreto. No se lo puedes decir absolutamente a nadie. ¿Lo juras?

—Sí. ¿Qué es?

—Hablo en serio. No puedes comentarlo con nadie —ya empezaba yo a sonar como Zack.

—Está bien. Lo juro.

Le dije lo de la cámara y lo de la fiesta. Pensé que se lo contaría todo, pero cambié de idea. Sammy tenía una actitud de superioridad que me estaba molestando. No iba a estar de acuerdo con lo que Zack había hecho y le hubiera parecido muy mal que yo copiara el CD con las fotos. Era mejor que pensara que íbamos a deshacernos de todo.

—Está bien. Si tenemos que ir tan lejos, voy a llevar algo de comer —dijo Sammy—. ¿Quieres algo?

Llenamos la mochila de Sammy con refrescos y cosas de comer.

—¿Y si nos para la policía? —preguntó Sammy.

—Le decimos que estamos dando un paseo. Llevamos la merienda, parecerá verdad.

El viaje fue largo, pero por suerte la temperatura estaba fresca y lo hizo agradable. Todo estuvo bien hasta que llegamos cerca del área de picnic. Me imaginé el lugar repleto de patrullas de la policía.

El aparcamiento estaba vacío.

Seguimos por un camino sin asfaltar hasta los bancos de arena. No había un alma.

Por las botellas vacías, la basura y las mesas de picnic pudimos darnos cuenta de que estábamos en el lugar que buscábamos. En algunas partes el aire había alisado la arena, en otras se podían ver huellas.

¿Cómo habría sido la noche anterior? Música y gente hablando. Ahora estaba todo en silencio, como en las fotografías: Dana en lo suyo, pero sin volumen. Casi senti pena por ella.

—Tenemos que dejar esto cerca de aquí, pero no muy cerca.

Dejamos las bicicletas recostadas a una mesa de picnic.

—¿Qué te parece allí? —sugirió Sammy, señalando un montón de ramas y hojas.

Estaba a unos cuantos pies de la calle. Era muy posible que se le hubiera caído a alguien en ese lugar.

—Me parece bien. Ya quiero salir de esto.

Levantamos unas ramas y dejamos la cámara en el suelo. Le echamos tierra con los pies y luego colocamos las ramas arriba.

—Pon hojas por encima —dije.

Sammy negó con la cabeza.

—No debe parecer que lleva aquí varios días. Sería sospechoso.

Tenía razón.

Quité una de las ramas. Ahora parecía que simplemente había caído allí.

—Vámonos de aquí —dijo Sammy nerviosamente.

—Tengo hambre —dije yo—. Quiero comer algo.

Lo que yo quería era quedarme allí un rato para ver si algo pasaba.

—Yo también, pero no aquí. Mejor regresamos al aparcamiento.

Pedaleamos hasta allí. No había mesas de picnic y nos sentamos en una cerca de troncos.

—No te lo había preguntado antes, pero dime, ¿viste las fotos? —dijo Sammy.

Quería decírselo, contarle el secreto, pero no estaba segura de si debía.

—¡Sí que las viste! ¿A que sí? Lo sé por lo mucho que te has demorado en contestarme. Dime. Dime lo que viste.

Cedí. Le describí la mayoría de las fotos y no dije nada sobre las fotos donde aparecía Zack. Especialmente por el hecho de que ella podría estar enamorada de él. Eso no era totalmente de mi agrado, pero tampoco quería que fuera a pensar que él era un depravado.

—¿Se veía mal, estaba borracha? —me preguntó.

—Sí. Era algo penoso —dije—. Y los chicos daban asco.

—¿Se veía cómo la atacaban?

—No la atacaban, por lo menos en las fotos, y Zack dijo que la policía llegó antes de que algo pudiera ocurrir.

—Lo que dices describe perfectamente a Dana —dijo Sammy, enojada—. Se mete en problemas, agranda la situación y crea todo un escándalo. Tengo ganas de decirle a todo el mundo que estaba borracha y actuando como una cualquiera.

La agarré por el brazo.

—¡No puedes decírselo a nadie! ¡Lo juraste! Y si hablas, pensarán que viste las fotos y puedes buscarte problemas con la policía.

—Ay, me olvidé. Perdón. De qué vale tener una información tan jugosa si no se la puedes decir a nadie. ¡Qué barbaridad!

—Tú me lo juraste. No querrás que Scott se entere, ¿no?

—¿Él? No —tembló de pensarlo—. Si se me olvida, sólo tienes que mencionarme su nombre.

Una patrulla de policía pasó despacito por el aparcamiento.

—Ay, ay, ay —dije.

—Actúa con naturalidad —dijo Sammy—. Come algo.

El policía salió del carro. Vino directamente hacia nosotras y sonrió.

—Qué buen día para un picnic, ¿verdad, señoritas?

—Sí señor —contesté.

—¿Han visto algún movimiento aquí esta mañana? —dijo, recogiendo una piedra y lanzándola hacia los arbustos.

—No, señor.

—¿Vieron carros, bicicletas o gente por los alrededores?

—No, señor. Sólo Sammy y yo haciendo ejercicios.

Sammy se echó a la boca el último pedazo de pastel de chocolate y asintió.

—¿Me pueden decir sus nombres? —sacó una pluma y una libretica.

—¿Hay algún problema? —pregunté. Sentía que la tarjeta de memoria en mi bolsillo era del tamaño de un CD.

El policía volvió a sonreír.

—No, no, no. Esto es un asunto de rutina —dijo—. Estamos averiguando sobre una fiesta que hubo aquí anoche. ¿Han oído algo ustedes?

Por nada de la vida se nos ocurrió mirarnos.

—Yo no —dije yo.

—Yo tampoco —agregó Sammy.

Le dijimos nuestros nombres y nuestras direcciones. Si llamaba a mi casa a mi madre le daba algo.

—Si ven algo inusual, pueden llamarme o pueden llamar a la unidad criminal. Pueden ganar dinero por la información —dijo—. Y no tienen que dar sus nombres.

Guardó la libretica. Miró a su alrededor y se encaminó por el mismo camino que nosotras habíamos tomado, dejando el carro patrullero en el aparcamiento.

—Vámonos rápido de aquí —dijo Sammy.

—Un momento. Tenemos que aparentar no estar muriéndonos de miedo.

Esperamos hasta que se perdió de vista, nos pusimos las mochilas y pedaleamos lejos de allí lo más rápido que nos dieron las piernas.

Cuando entré por la puerta, Zack se levantó a tal velocidad que dejó tambaleando la silla donde estaba sentado.

—¿Por qué te demoraste tanto? —me preguntó con exigencia.

—Es lejos para ir en bicicleta. Nos cansamos y paramos un par de veces para descansar.

—¿Pudieron dejarla?

—Anjá —le dije—. También vimos a un policía, pero no le dijimos nada, claro.

—Espero que no. Mamá hoy tomó un recado para mí. Dijo que llamó Scott y que me iba a llamar más tarde.

Fui a tomar agua y el teléfono sonó.

—Justo a tiempo —le dije—. Contéstalo antes de que mamá lo haga.

Zack contestó.

Sólo podía escuchar lo que decía Zack. Mayormente prestaba atención y negaba.

No, él no tenía su mochila, seguro la dejó en el bosque. No, él no tenía la cámara. No, él no vio quién pudo cogerla. No, él no había recibido ninguna llamada. Sí, comprendía. Sí, podía darse cuenta. Sí, claro que sabía lo que estaba en juego. Sí, él sabía que Scott tenía conexiones.

—¿Dime, te amenazó? —le pregunté en cuanto colgó.

—En realidad, no. Bueno, indirectamente sí.

—Creo que debemos llamar a la policía.

—¿Y qué le vamos a decir? —dijo—. Que pusiste la cámara en el bosque y que le mentiste al policía. Me parece genial.

Suspiré. El problema era más grande de lo que yo creía.

—¿Le pusiste una tarjeta en blanco? —me preguntó.

—Te dije que sí.

—¿Y la original?

—Me desharé de ella —le dije.

—Dámela. Tengo que asegurarme de destruirla.

Le entregué el estuche plástico.

Sacó la tarjeta y trató de partirla, pero no pudo.

—Voy a romperla con un martillo.

Bajó las escaleras que dan al sótano. Le dio tantos martillazos que lo único que podía haber quedado era polvo.

Capítulo nueve

El lunes por la mañana, durante la clase de inglés, a Sammy y a mí nos dieron permiso, otra vez, para ir a la biblioteca. Cuando las maestras piensan que te gusta leer, siempre te dan permiso. Era raro el día en que no pasáramos por lo menos veinte minutos conversando bajo el escenario improvisado, descansando cómodamente en los cojines. A la bibliotecaria no le importaba, mientras habláramos bajito.

De pronto, escuchamos voces en el pasillo. Un hombre dijo:

—¿Cómo es posible que usted no nos quiera decir quiénes son?

—Señor Manning, baje la voz, estamos en hora de clase —fue la respuesta de la directora, la señora Kent—. ¿Podemos conversar sobre esto en mi oficina?

¡Era el papá de Dana! Ya sabía por qué estaba tan enojado.

—No nos moveremos de aquí hasta que usted nos dé algún tipo de información.

—¿Podemos, por lo menos, ir a la biblioteca, para no ventilar este asunto en el pasillo? —dijo la señora Kent.

Escuchamos pasos de varias personas entrar en la biblioteca. Estaban muy cerca de nosotras. Sammy y yo nos miramos. Ellos no sabían que estábamos allí. Increíble, ¡qué suerte!

—Señor y señora Manning, me pregunto por qué ustedes piensan que yo tengo alguna información que ustedes desconocen.

—Nuestra hija nos dijo que una alumna de esta escuela la convenció a ir a una fiesta y que allí había chicos que le pusieron algo en la bebida —dijo el señor Manning, un poco menos alterado.

Estaba desesperada por decirle algo a Sammy, pero todo lo que podíamos hacer era abrir los ojos y hacernos señales con la cabeza. Se me había dormido el pie sobre el que estaba sentada, pero no quería ni moverme, por miedo a que nos descubrieran.

—Comprendo que ustedes deben de estar muy angustiados —dijo la señora Kent con un tono suave y tratando de calmarlos—, pero créanme, he escuchado algo sobre lo que sucedió el fin de semana, y no tengo más información que la que ustedes tienen.

—Nuestra hija dice que usted tiene las fotos de todos los alumnos que han asistido y asisten a esta escuela, y yo quiero que ella las mire todas para encontrar a esa alumna y saber quién es y dónde vive.

—Me temo que no puedo permitirlo. Los datos de los estudiantes son de carácter confidencial.

—¿Qué me quiere usted decir? —dijo el señor Manning—. ¿Que han abusado de mi hija y a usted no le importa?

Se hizo silencio. Sammy trató de mirar por entre las escaleras del escenario y se dio un golpe en la cabeza. Nos quedamos heladas. Aparentemente, nadie lo escuchó.

—Sin duda nos alegra saber que Dana está lo suficientemente recuperada, después de un incidente tan traumático, como para incorporarse a la escuela.

El tono de la directora no se alteró. ¿Estaba siendo sarcástica o era sincera? Me dio la impresión de que ella no se creía, al menos completamente, la historia de Dana. ¡Ay, la cosa se estaba poniendo buena! A lo mejor Dana pronto dejaría de ser ese "preciado tesoro." Todos los alumnos de la escuela sabían lo mala y lo controladora que era, pero los maestros aún no se habían dado cuenta. Todos pensaban que era dulce, inteligente y perfecta.

—Entonces tendré que hablar directamente con el Ministerio de Educación —dijo el señor Manning, levantando la voz—. Usted no puede hablarme de esa manera. Usted puede perder su trabajo en menos de un abrir y cerrar de ojos.

—Le diré a mi secretaria que le dé el número de teléfono.

—No puedo creer que no hayamos recibido la más mínima ayuda. Atacan a una niña inocente y a nadie le importa. Ni a la policía ni a la escuela.

—Estoy segura de que la policía llevará a cabo las investigaciones pertinentes para averiguar la verdad —dijo la directora.

—Eso espero —dije en un susurro, cruzando los dedos.

—Vámonos, querido —dijo la señora Manning—. ¿Estás segura de que quieres entrar a clase, Dana?

¿Estaba allí Dana?

—No lo olvides —dijo el padre—: no teléfono, no televisión y no computadora. Y de la escuela, directo para la casa.

—Pero, papá...

Se cerró la puerta y la biblioteca quedó en silencio otra vez.

—¡Huy! ¿Qué me dices tú de eso? —dijo Sammy—. Me gustaría saber qué fue lo que le dijo a su papá.

—¡Y él le creyó! ¿Cómo es posible que él no conozca a su propia hija? Mira, mejor nos vamos de aquí.

—No tan rápido —me alertó Sammy—. Alguien podría vernos.

Estábamos volviéndonos expertas en escurrirnos en secreto.

—Si él le creyó —dijo Sammy—, me pregunto ¿por qué está castigada entonces?

Tenía lógica. Momentos después llegaron otros alumnos para el turno de biblioteca y dejamos de hablar del asunto.

Yo estaba feliz. Feliz como no lo había estado en mucho tiempo. El mundo de Dana se le venía abajo. Finalmente, se hacía justicia. Pero yo quería algo más. Todavía no era suficiente. Pensé que tenía que hacer algo.

Me dirigí a los baños y saqué un marcador de mi mochila. En el primer baño, dibujé un cuadrado con dos círculos. De los círculos salían líneas semejando un *flash*. Todos se darían cuenta de lo que era. No parecía exactamente una cámara, pero estaba lo suficientemente claro. Para completar, escribí DANA, SONRÍE, y le dibujé una carita feliz al lado.

Capítulo diez

Cada vez que alguien salía de la clase, tenía la esperanza de que hubieran descubierto mi mensaje, pero no sucedió hasta casi la hora del receso. Fue entonces que mi plan comenzó a funcionar. Kelsey llamó a Brynn, que a su vez, llamó a Dana. Todas ignoraron a la maestra cuando les pidió que regresaran a sus asientos.

A la hora del receso, hubo una pelea. Una pelea de verdad. Dana agarró a Amy por la chaqueta y le dio tal tirón que Amy se cayó al suelo. Amy se levantó y le dio una patada a Dana en el estómago. Se gritaron. Dana le dijo los insultos más indecentes que jamás había escuchado, y Amy le dijo a Dana que no era otra cosa que una loca. Me di cuenta de que Brandon se alejó cuando todos los demás corrieron a ver la pelea.

Finalmente, las maestras las separaron y las llevaron a la dirección.

¡Dana pensaba que había sido Amy! No había considerado esa posibilidad. Habían tratado de borrar la cámara, así que la mayoría de la gente no tenía idea de lo que realmente había causado la pelea. Pensaban que Amy le había quitado a Brandon.

Por primera vez Dana quedó muy mal. No se ve mal que pelees con las armas convencionales, hablando mal de tus enemigas o echando a rodar rumores, pero peleando como un chico, no. Eso no está bien. Eso te hace parecer tosca. Dice mi madre que antes las llamaban "marimachas." Así no es como se les dice ahora.

Si yo lograba seguir dejando mensajes y creando este tipo de problemas, estaría en el paraíso. Traté de no hablar con Sammy. Si se enteraba que había sido una cámara, sabría que fui yo. ¿Qué otra persona podía ser? Pensaría que era algo cruel. A veces Sammy puede ser muy inocente.

A Dana y a Amy las mandaron para sus casas. Sammy, al igual que el resto de la gente, pensaba que Brandon era la razón de la pelea. La vida era una delicia.

Al final del día los comentarios habían tomado un tono diferente. Amy se lo tenía bien merecido. Dana había hecho lo que cualquier otra chica hubiera hecho en su lugar, pero no lo hacía por miedo. Dana era una estrella. Dana se reunía con los del grado doce. Dana tenía más onda que nunca.

Ése no había sido el efecto deseado. No era posible que Dana saliera ganando. Pero así sucedió.

Después de las clases, fui directamente a casa. No había nadie. Puse el disco en la computadora, miré las fotos y encontré la que buscaba. Una provocadora. Se veía claramente quién era, y se podía ver lo que estaba pasando. Suficiente como para querer ver la próxima foto. Hice clic en *print*.

Me paré en la puerta mientras la impresora convertía una hoja de papel en blanco en un objeto de increíble poder. Todos los diminutos puntos de color, sin ningún valor por separado, se unían para crear algo con la capacidad de desencadenar un sinfín de acontecimientos. Cuando vi la foto, tuve un poco de miedo tocarla, pero la metí dentro de un sobre y la guardé en mi cuarto.

Zack llegó. Parecía cansado. Me dijo que Scott le había pedidó a un amigo que regresara al parque. Había encontrado la cámara, que increíblemente los policías no habían visto y que estaba en blanco.

—No pareces muy contento con eso —le dije.

Zack negó con la cabeza.

—Scott tiene sus sospechas. Dice que esa cámara jamás había fallado y que las baterías estaban funcionado porque él vio que funcionaba el *flash*. Estaba contento de haberla recuperado, pero dijo que tenía un mal presentimiento.

A pesar de lo interesante del asunto, mi mente no se podía concentrar en Scott. Estaba completamente transportada a la pelea. Se lo conté a Zack, pero no le prestó mucha atención. En ese momento me di cuenta de que había cometido un grave error. Tuve una suerte tremenda de que Dana culpara a Amy. Seguro pensó que Amy se había enterado de la fiesta por alguien. ¿Y si se daba cuenta de que, en realidad, Amy no había sido? ¿Y si se lo decía a Scott? ¿Y si llegaban a la conclusión de que era mucho más que un simple chisme y alguien sabía mucho más, y que también sabía lo de la cámara en blanco, que no debía estar en blanco? La mente me daba vueltas e iba de una idea para otra. A lo mejor podían conectar a la gente que estuvo en la fiesta con los enemigos de Dana y sospechar de Zack y de mí.

—¿Por qué peleaban? —preguntó.

—Por Brandon.

—Espero que Dana haya ganado —dijo.

—¿Sí? ¿Por qué?

—Bueno, porque Scott no va a salir más con ella. Piensa irse a vivir con su papá por el resto del semestre.

—¡Me alegro! —dije.

Zack me miró sorprendido.

A la mañana siguiente, Dana y su mamá estaban en la dirección de la escuela. Los padres de Amy esperaban sentados en el pasillo principal, pero Amy no estaba en la escuela. Los alumnos usaban cualquier excusa para salir de la clase y pasar cerca para enterarse de algo.

En el receso, Sammy y yo nos tropezamos con Dana al final de las escaleras. Estaba recostada a la pared, mirando al suelo. Tenía los hombros caídos, el pelo recogido en una cola y no tenía puesto maquillaje.

Sentí un hilo de pena por ella.

—¿Estás bien? —le preguntó Sammy.

Dana se demoró un momento en contestarle y lo hizo casi con una sonrisa. Luego, me miró. Hizo una mueca de ira y levantó la cabeza con altanería.

—¿Sabes qué? No importa lo que me suceda, mi vida es mil veces mejor que la tuya. Si yo fuera tú, me mataba.

Fue demasiado el *shock*. Ni me moví. La violencia de sus palabras me desgarró el pecho. Sin embargo, sucedió algo inusual: no sentí pánico. Esta vez, mi cerebro reaccionó pausadamente. Todo estaba claro. Me sentí como una de esas estatuas de monstruos de la antigua Grecia, con brazos fuertes y manos gigantes.

Usaría la fotografía. Iba a exponer a la verdadera Dana.

Capítulo once

Tenía que decidir dónde poner la fotografía. La podía enviar por correo electrónico a todos los que conocía o podía colgarla en un sitio en la red, pero estaba segura de que la gente iría a saber que había sido yo. Tenía que hacerlo de forma anónima. Nadie podía verme y además, tenían que encontrarla los alumnos de la escuela. Si la encontraba una maestra, podía echarla a la basura o dársela a la directora de la escuela. El baño de las chicas era el lugar lógico, pero el tráfico era constante y de seguro alguien me vería. Tenía que ser en un lugar donde nadie sospechara de mí. La biblioteca estaba descartada. El gimnasio, no. Odiaba el gimnasio y teníamos Educación Física después del almuerzo. Las taquillas de las chicas eran el lugar ideal y yo podría ver la reacción de Dana. Si no había clases, estarían desiertas. Podía entrar desde el pasillo y salir por el gimnasio y nadie sabría dónde yo había estado.

Tenía que esperar hasta la hora de almuerzo.

Busqué una excusa para separarme de Sammy, diciéndole que tenía que ir a la oficina de objetos perdidos a buscar mis tenis. La oficina estaba al doblar del gimnasio. Las cajas estaban llenas de ropa sucia y no me atrevería a meter las manos, pero me paré delante por un momento haciéndome la que buscaba algo, en caso de que alguien pasara y me viera. Tranquilidad total. Me escurrí por la esquina y entré en las taquillas. Saqué la foto y la dejé en uno de los bancos.

Escuché que la puerta que daba al gimnasio se abría y se acercaban voces. Tenía que regresar por donde mismo había entrado. Si había alguien, daría media vuelta, agarraría la foto y buscaría otro lugar donde dejarla. La costa estaba libre. Me apresuré hacia las cajas donde estaban las cosas perdidas y me hice la que buscaba por unos segundos más, luego, salí al pasillo.

Sudaba horriblemente. Podía sentir el sudor corriéndome por el sostén. Empezaba a oler mal. Era el precio de la venganza. Pensé que a lo mejor Sammy tenía un pulóver de más.

Cuando llegué al gimnasio para la clase, ya habían descubierto la fotografía. Había dos chicas contra la pared mirando algo con la espalda para el resto de la clase, que se amontonaba a su alrededor.

Dana y Brynn llegaron poco después. Todas se les quedaron mirando.

—Querrán ver esto —les dijo una de ellas.

—¿Es un hombre desnudo? — preguntó Brynn.

—Un hombre desnudo, no... —contestaron y se echaron a reír.

Dana agarró la foto. Se puso pálida.

Brynn la vio y dijo:

—Ay, Dios mío.

Dana estrujó el papel y salió corriendo.

—No se atrevan a hablarle de esto a nadie — nos amenazó Brynn antes de ir detrás de Dana.

—¿Qué cosa es? —preguntó Sammy.

—Dana sin blusa. Parece una fiesta o algo así.

Sammy me miró fijo a los ojos.

Tenía la esperanza de que no me fuera a acusar allí en ese mismo momento.

—Siempre supe que ella era de ese tipo —dijo una de las chicas.

Empezaron a llover los comentarios.

Sammy me agarró del brazo y me haló hasta el pasillo. Me clavaba los dedos en el brazo.

—¡Me estás lastimando!

—¡No puedo creer que hicieras eso! —me dijo con rabia.

—Se lo merecía. Tú escuchaste lo que me dijo ayer. ¿Qué querías que hiciera?

—Me dijiste que te deshiciste de todas las fotos.

—Sí —le dije con voz de inocente.

Sammy me soltó del brazo. Parecía que iba a llorar de un momento a otro.

—¿Cómo puedes ser así? —me dijo.

—¿Yo? ¿Y ella?

—Ahora sé que eres exactamente igual que ella —dijo con tristeza.

Tenía razón y yo lo sabía. Pero no me importaba. Me sentía bien.

—Tú no entiendes —le dije.

—Sí que entiendo —dijo con ira—, y no me gusta. No me gusta que seas así. Pensé que eras mi mejor amiga, pero ahora veo que realmente no te conozco.

—Soy la misma persona —protesté.

—¿Has sido siempre digna de lástima? —me preguntó.

—No...bueno, a lo mejor. Posiblemente sí. Nos puede pasar a todos alguna vez. Tú actúas como si no fuera posible que te pasara a ti. Tú siempre te crees mejor que todos los demás.

No reconocí la expresión de su cara. Parecía otra persona.

—Yo... —decidió no decir lo que estaba pensando—. Yo mejor me voy.

Me dejó allí parada y se fue.

—Sammy...

—Déjame sola por un tiempo. No sé ni qué pensar.

—Pero Sammy —la llamé.

Ni siquiera miró para atrás.

La maestra de Educación Física se asomó por la puerta y nos gritó para que entráramos a clase. Preguntó por las que faltaban, pero aceptó la excusa de que estaban hablando con el consejero.

Me sorprendió encontrar a Dana en la clase siguiente. Pensé que se había ido a su casa. Pero me di cuenta de que realmente no podía enseñarle a sus padres la foto de ella con una sonrisa de oreja a oreja y un trago en la mano después de que les había dicho que ella era una víctima.

Tenía la frente apoyada en los libros. Ni siquiera levantó la cabeza cuando el maestro comenzó a hablar sobre la Segunda Guerra Mundial.

El maestro no la molestó.

Después de diez minutos, el maestro puso un vídeo. Ver a los hombres jóvenes despidiéndose de sus novias y de sus familiares fue conmovedor, sabiendo cómo había terminado todo. Alguien en la clase tosió, pero no sonó como una tos normal. Era una tos forzada. Alguien más tosió, y alguien más. No había equivocación, al final de cada tos decían *sucia*. No pude creer que el maestro no lo notara, pero él continuaba en su mesa, escribiendo.

Dana lo escuchó. Levantó la cabeza y miró alrededor. Yo me aseguré de que no me viera mirándola. Oí su silla moverse y luego la vi pasarme por al lado. Tenía las manos en la boca y comenzaba a correr.

Al salir por la puerta, empezó a vomitar. El vómito se estrelló contra el suelo.

Escuché todo tipo de expresiones de asco y de sorpresa a mi alrededor. Tuve una arqueada, pero todo lo que sentí en la boca fue un sabor a bilis.

El maestro detuvo el vídeo y llamó al conserje por el intercomunicador.

Tenía un sabor horrible en la boca. Pedí permiso para salir del aula y fui a tomar agua. Vi al conserje en las escaleras.

Me dirigí al baño.

—¿Eres tú, Brynn? —escuché una voz.

Era Dana que se estaba lavando la cara en el lavamanos.

—Ah, eres tú. Vete —me dijo.

Había pedazos de comida en el tragante.

Di un paso atrás, pero cambié de idea.

—Estás que das asco.

Dana puso las manos en el lavamanos, como si necesitara apoyarse.

—¿Cómo te atreves a hablarme...? —no terminó lo que iba a decir, sino que se sonrió—. ¿Fuiste tú?

Levanté los hombros.

—Ahora me doy cuenta. Ese día, estabas hablando de un Scott imaginario. Brynn me dijo que te vieron en el baño antes de que apareciera el dibujo.

Sonreí.

—¿Qué sientes ahora que te toca ser la humillada?

Había esperado por años para poder decírselo. No podía creer lo bien que me sentía, allí, frente a ella, después de tanto tiempo.

—Tú lo sabes bien.

—Sí. Duele, Dana. Pero ves, ahora es diferente. Ya no puedes herirme más. Sé demasiado sobre ti y puedo hacer que tu vida sea un infierno. Después de todo, si yo fuera tú, me mataba.

Se había hecho justicia.

Había obtenido la vengaza. Al fin era libre.

Dana se secó la cara con el papel toalla, limpió el lavamanos y se quitó el pelo mojado de la cara.

—Eso es exactamente lo que voy a hacer. ¿Estás contenta ahora?

Capítulo doce

Me quedé desconcertada. Di varios pasos atrás y regresé al aula. El conserje estaba limpiando el piso. ¿Dana se iba a matar? No podía ser verdad, la gente que lo decía nunca lo hacía, ¿cierto? Lo había dicho porque quería que le tuviera lástima. Conozco a Dana, probablemente mataría a todo el mundo en la escuela en un ataque de rabia, pero no se haría daño a ella misma. Y yo sería la primera. Traté de buscar la mirada de Sammy, pero seguía actuando como si yo no existiera.

Dana no había regresado. Alguien dijo que estaba otra vez en la oficina del consejero. No supe qué hacer. Debía decírselo a alguien. Era posible que ya ella se lo estuviera diciendo al consejero, así que no tenía por qué preocuparme.

Después de las clases, Sammy desapareció y comencé a buscarla. Sammy sabría qué hacer en un caso como éste. Por fin la encontré al final del patio, lanzando piñones por encima de la cerca.

No me miró. Continuó buscando piñones y tirándolos contra los árboles.

—Sammy, por favor, escúchame. Ha pasado algo muy malo.

—¿Quién eres tú para juzgar? —dijo hirientemente.

—Vi a Dana en el baño antes de que se fuera.

—¿Sigues con lo mismo?

—No, eso no es lo que...

—Pensé que no eras esa clase de persona. Pero ahora veo que... —se detuvo.

Tenía un piñón en la mano—. No quiero oír lo que vas a decir. No quiero andar contigo. No quiero ni saber que te conozco.

Levantó la mano en un puño. Le temblaba el brazo. Se miró la mano y dejó caer el piñón.

—Ahora estoy segura de que eres una infeliz —y salió corriendo hacia la escuela.

Los pies me llevaron de regreso a la escuela. Deseé una y otra vez poder borrar lo que había hecho. Borrar todo el daño que había causado.

Cuando llegué a la taquilla vi que Sammy se había llevado todas sus cosas. Quería llorar, pero no me salían las lágrimas y tenía un nudo en la garganta. Pensé que mi madre me podría ayudar. Sabía que podía hablar con ella y que me diría lo que debía hacer. Pensé que era posible que, como Sammy, ella también se diera cuenta de la persona horrible que yo era.

En el camino a casa fui contando las losas de cemento de la acera.

No podía hablar con Zack. Sabría que le había mentido y me mataría. Era posible que se enterara de todas maneras, porque los rumores viajan a toda velocidad. Se iba a enfurecer. También se enteraría Scott. ¿Qué sucedería, entonces?

Abrí la puerta y dejé caer mi mochila en el banco de la entrada. No había nadie. Encendí el televisor, pero los programas eran de niños o de entrevistas. Una pareja de gordos peleaba y maldecía y presentaban a las personas con las que engañaron a su pareja. Pensé que yo podía ser uno de ellos en diez años. Claro, a la que engañaban. Lo apagué.

Fui hasta mi habitación y tomé el disco. El sol del atardecer se reflejó en el plástico dorado con sus bordes afilados. Había llegado a la conclusión de que tenía que destruirlo, pero que en realidad, debía hacer otra cosa. Dana tenía que saber que el disco y las fotos ya no existían.

Decidí darle el disco a Dana.

Me sentí mejor inmediatamente. Era bueno tener un plan concreto. Todavía tenía miedo, pero debía hacer lo que era correcto. Le daría el disco a Dana; eso la ayudaría a no sentir más miedo. Nadie más sería perjudicado y todo se olvidaría pronto. Por un tiempo, sería el hazmereír de la escuela, pero en cuanto alguien cometiera un error, ni pensarían en ella.

Busqué la dirección de Dana en la guía telefónica, saqué mi bicicleta del garaje y me puse en camino. Estaba haciendo algo que me causaba placer, pero no era igual que antes. Ser mala me había hecho sentir con poder, me había hecho sentir superior, pero de corazón duro.

Llegué a casa de Dana en quince minutos. A esa hora ya ella debería estar en su casa. No vi carros en el garaje. Apoyé mi bicicleta en la escalera de la entrada y toqué el timbre. Nadie abrió la puerta. Toqué varias veces. Nada. Con las manos a los lados de la cara para evitar el reflejo, miré por el cristal del lado de la puerta. Vi una silueta en la cocina que se parecía a Dana. Golpeé la puerta y la figura se detuvo.

—¡Soy yo, Julie! —grité por detrás del cristal.

Finalmente, la puerta se abrió y apareció Dana.

—¿Puedo hablar contigo, por favor? —dije.

—Estoy ocupada.

—Por favor, aunque sea un segundo, Dana. Es muy importante. Quiero hablarte de las fotos.

—Ah —dijo, abriendo más la puerta.

Entré en la casa.

Capítulo trece

Dana cerró la puerta.

—¿Qué quieres? —No parecía sorprendida de verme. Tampoco parecía enojada. No tenía expresión alguna en la cara.

—Vine a darte las fotos —extendí la mano con el disco.

Dana no hizo ningún esfuerzo por tomarlo. Pensé que me lo arrebataría, pero se alejó caminando.

—Esto es todo lo que existe y no hay ninguna foto impresa —le dije.

Solamente dijo que sí con un movimiento de cabeza.

—¿Podemos hablar por un momento? —le pregunté.

—De verdad, no quiero.

—Por favor.

—Si tienes que decir algo, hazlo.

La seguí hasta la cocina, que parecía salida de una revista o de esos programas de televisión donde lo remodelan todo.

—Tu casa es enorme. Toda la mía cabe en tu sala.

—Mmm.

Había un silencio que me hacía sentir incómoda.

—¿Me puedes dar un vaso de agua? —dije, caminando en dirección al fregadero. Dana se paró frente a mi rápidamente.

—¿Quieres un refresco mejor? Te doy uno. Puedes esperar en la sala.

—Está bien.

No se movió del fregadero.

—Siéntate —me dijo.

Pensaba esperar en la cocina, pero obviamente ella quería que me fuera. Miré hacia atrás mientras salía y la vi cubriendo el fregadero con una toalla.

Poco después me llevó una lata de refresco. El frío en las manos me hizo sentir bien. Miré a mi alrededor.

—Qué bonita es tu casa.

—¿De dónde sacaste las fotos? Oí decir que la cámara tenía algún problema. Por lo menos eso fue lo que Scott me mandó a decir. Ya veo que estaba mintiendo.

—Es una historia un poco complicada y no quiero que nadie más tenga problemas.

—¿Piensas que yo voy a decir algo?

Tenía razón, pero yo no podía delatar a mi propio hermano.

—¿Crees que Scott sabe lo de la foto? —le pregunté.

—Lo más posible es que no. De todas maneras, aunque lo supiera, ya se fue. ¿Y qué importa si lo sabe? Lo odio.

—¿Crees que me pueda hacer daño? —le pregunté, a sabiendas de que sonaba como una miedosa.

Dana levantó una ceja.

—¿Hacerte daño? ¿Scott? Es más alarde que otra cosa. Después de que lo protegí de la policía, me dijo que no quería verme más. Fui una estúpida.

—Mi hermano Zack dice que Scott tiene amigos capaces de darle una paliza si dice algo —dije.

—¿Zack? —preguntó.

No pude creer lo que yo acababa de decir.

—¿Zack es tu hermano? ¿Cómo no me di cuenta antes? —dijo—. Claro, ya sé cómo obtuviste las fotos.

—¿Vas a decirlo? —le pregunté.

Sonrió.

—No. No voy a decir nada. ¿A quién y por qué? Nada puede arreglar esta situación.

Me sorprendió que pensara de esa manera. Yo creía que las cosas se estaban mejorando. ¿Seguiría pensando en matarse?

—¿Por qué me das esto? —preguntó—. Después de lo horrible que he sido contigo.

Era una buena pregunta. ¿Por qué lo estaba haciendo?

—Realmente no lo sé, Dana. Pero lo que si sé es que todo esto es demasiado para mí. Me gustó hacer de mala y tratar de herirte, pero la sensación sólo duró unos segundos. Me sentí tan llena de odio que pensé que explotaría.

—A todo se acostumbra uno y cada vez se hace más fácil.

—Fue una sensación buena. Fue como... si yo fuera tú. Después, no pude hacerlo más.

—Yo tampoco puedo hacerlo más —dijo.

Otra vez perdió toda expresión. Se transformó de los pies a la cabeza. Me dio miedo.

—Aquí tienes —dije, y puse el disco encima de la mesa—. ¿Te sientes bien?

—¿Y a ti te importa?

—No lo sé. A lo mejor... —vacilé por un momento, tenía que preguntárselo—. Siempre he querido saber por qué te has ensañado conmigo.

—La verdad es que no sé —respondió—. Recuerdo haber pensado que eras como una niñita, gordita, y me daba ira. Me imagino que disfrutaba haciéndote sufrir y continué haciéndolo.

—¿Ésa es la razón? ¿Porque no soy flaca y porque te acostumbraste a hacerlo? ¿Ésa es la razón por la que me hiciste sentir peor que una basura?

Dana levantó los hombros.

—Quisiera poder decirte que tenía alguna razón complicada y enfermiza, pero no es así. Era algo que yo hacía y punto.

Le creí.

—Después de todo hay algo bueno en todo esto —dije—. No fue mi culpa. Sencillamente estuve donde no debía estar en el momento inoportuno.

—Bueno, algo parecido —dijo—. Nunca protestaste, dejabas que las cosas sucedieran. Lloraste algunas veces, pero nunca te enojabas y eso me ponía aún más furiosa.

—Primero, porque te tenía miedo y luego, siempre me enseñaron que no es bueno estar enojado. Tú en cambio estabas fuera de control —dije.

—Casi da risa lo que acabas de decir. En esta casa todo lo que hacemos es estar enojados —se rió de ella misma—. Tú no eres la única. Hay mucha gente que me tiene miedo. A lo mejor, todo el mundo.

La cara volvió a cobrar vida. Sentí menos presión en el pecho.

—Ya que estamos tocando el tema, por increíble que parezca, déjame hacerte una pregunta. ¿Cómo es que podías tolerarlo? ¿Cómo hacías para ir a la escuela todos los días? —dijo Dana.

—Muchas veces fingí estar enferma, porque no podía ni pensar en ir a la escuela. Otras veces me escondía de ti. Pero nunca estuve sola. Tenía a Sammy, y ella no te tenía miedo.

¿Por qué tuve que mencionar a Sammy? ¿Cómo Sammy se vio involucrada en todo esto? Sammy no quería continuar siendo mi amiga.

—Arruiné mi amistad con ella —dije.

—No sé si yo pudiera soportarlo —dijo Dana—. No puedo esta sola; necesito amigos.

—¿De veras? Pensé que tú podrías arreglártelas sola. Siempre me has parecido muy valiente.

Dana sonrió.

—Así quería que me vieran.

—¿Qué piensas hacer? —le pregunté.

—No estoy segura. No creo que pueda aparecerme por la escuela y mi correo electrónico está lleno de mensajes de odio.

—Lo siento.

Dana me miró.

—Perdóname por lo que hice —agregué.

—No sé si me entenderás —dijo—. Creo que yo sola me entiendo, pero ahora siento un gran alivio. Todo ha salido a la luz. Ahora soy la verdadera yo. Si no me sintiera tan mal, estaría contenta.

—¿No vas a hacer ninguna cosa, verdad? —le pregunté.

—¿Piensas en alguna locura? ¿Por qué detenerme ahora?

Mi nivel de ansiedad se disparó.

—Hay lugares a donde puedes llamar. Recuerda que nos dieron el número en la clase de salud y prevención.

Comenzamos a cantar, al mismo tiempo, la cancioncilla que nos enseñaron en la clase, y nos echamos a reír.

—¿A qué hora viene tu mamá? —le pregunté.

—Hoy tiene sesión de terapia por la noche, así que no estoy segura.

—¿Me puedo quedar hasta que ella llegue?

—¿Para vigilarme?

—Un poco.

—Como te dé la gana. ¿Quieres ver televisión?

Miramos en silencio un programa de juegos. Fue algo realmente extraño. Me sentí bien.

La mamá de Dana llegó por fin.

—Hola cariño, ¿qué tal el día de hoy? —dijo desde la cocina—. Hice algunas compras. ¿Me quieres ayudar a guardarlas?

—Dana, me voy —le dije.

—¡DANA! ¿Qué es esto aquí en el fregadero? ¡DANA!

Dana corrió a la cocina.

—No te preocupes, mamá. No hice nada.

La mamá le agarró los brazos.

—Tengo que llamar al médico. Esto es algo horrible.

La mamá de Dana no sabía de mi presencia, hasta que entré en la cocina.

—¿Quién eres tú?

—Nadie. Yo solamente estaba acompañando a Dana hasta que usted llegara.

—¿Fuiste tú quien la puso a hacer eso? —me preguntó.

—Mamá, por el amor de Dios —gritó Dana—. Lo he hecho sola. Esas píldoras son mías. Bueno, en realidad son tuyas, del botiquín del baño. Julie me detuvo antes de que cometiera una locura. ¿Te das cuenta? Fui yo. ¡Yo soy la del problema! Yo.

La mamá la abrazó fuertemente.

—Perdóname —me dijo—. Gracias por estar aquí. ¿Eres una amiga de la escuela?

Dana me miró.

—En realidad, no. Ya me tengo que marchar.

—Adiós —me dijo Dana muy bajito.

—Adiós, Dana.

El viaje de regreso a casa en la bicicleta lo hice en una nebulosa. Mis piernas sabían lo que tenían que hacer y yo me dejaba llevar. El viento fresco de otoño me daba en la cara.

Cuando llegué, Sammy estaba sentada en el portal.

—Tú mamá me dijo que te podía esperar.

—Estaba en casa de Dana. Le di el disco. ¿Todavía me odias?

—Tú eres mi mejor amiga.

—Gracias.

—Y Dana, ¿está bien?

—Espero que sí.

—Dice tu mamá que me puedo quedar a cenar. Lasaña.

Sentí que el peso que tenía encima se estaba disipando.

—¿Te vas a sentar al lado de Zack?

—¡Dios mío! Sólo hago un comentario y me persigue para siempre. ¿Va a estar Zack en casa?

Me reí. Sammy era una amiga maravillosa. Todas las cosas malas fueron perdonadas en un instante.